Vrouwen in 't Wit

IN SLECHTE LAKENS

Tekeningen : Bercovici / Scenario : Cauvin

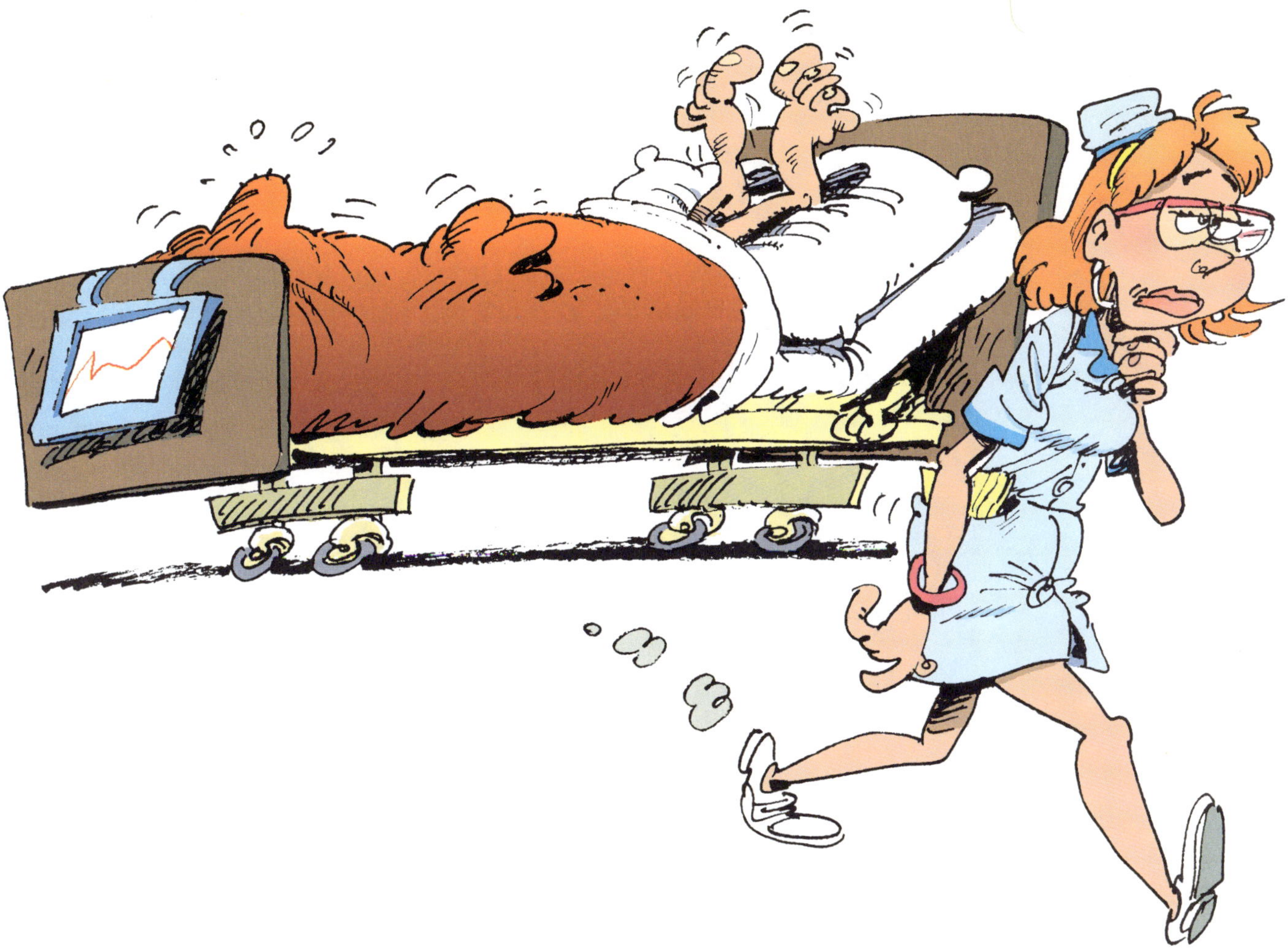

DUPUIS

D.1997/0089/138
ISBN 90-314-1856-0 — ISSN 0772-442X

Weer bijna op de been…

Lachen tegen stress

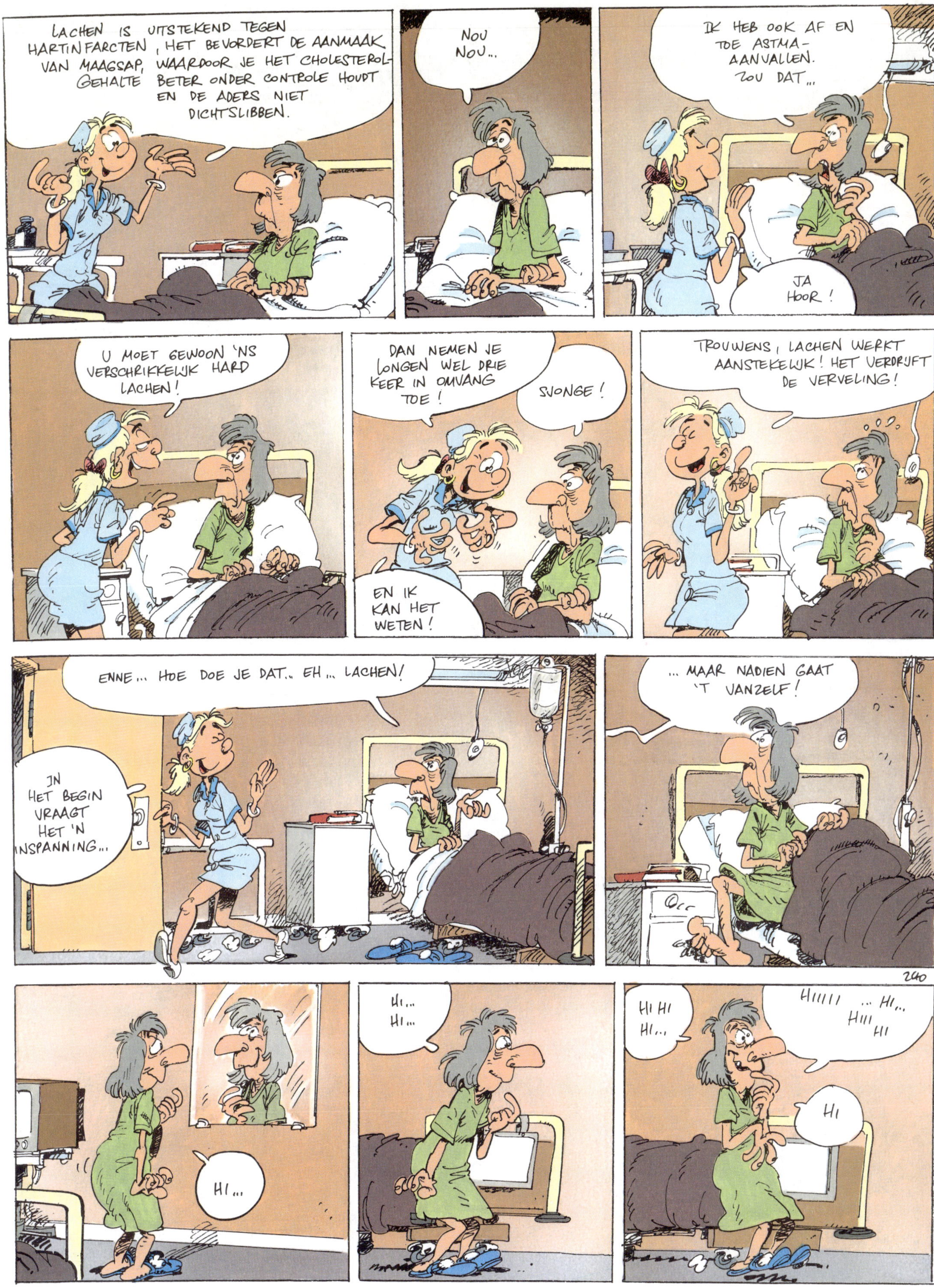

LACHEN IS UITSTEKEND TEGEN HARTINFARCTEN, HET BEVORDERT DE AANMAAK VAN MAAGSAP, WAARDOOR JE HET CHOLESTEROL-GEHALTE BETER ONDER CONTROLE HOUDT EN DE ADERS NIET DICHTSLIBBEN.
NOU NOU...
IK HEB OOK AF EN TOE ASTMA-AANVALLEN. ZOU DAT...
JA HOOR!
U MOET GEWOON 'NS VERSCHRIKKELIJK HARD LACHEN!
DAN NEMEN JE LONGEN WEL DRIE KEER IN OMVANG TOE!
SJONGE!
EN IK KAN HET WETEN!
TROUWENS, LACHEN WERKT AANSTEKELIJK! HET VERDRIJFT DE VERVELING!
ENNE... HOE DOE JE DAT.. EH... LACHEN!
IN HET BEGIN VRAAGT HET 'N INSPANNING...
... MAAR NADIEN GAAT 'T VANZELF!
HI...
HI... HI...
HI HI HI...
HIIIII ... HI... HIII HI
HI

HIHIHIHIHIHIHIHIHIHIHI
HIIIIIIIIIIIII
HI HI HI HI HI HI HI
HI HIHI HI HA HA HI HI HA HA HA HI HI HA
HO HO HI HI HOOUU HOOUUU HOU HA HA HO HAAAAA HI HI HI
DE VOLGENDE OCHTEND...
HEE, WEET IEMAND WAAR DEZE MEVROUW NAARTOE IS?
HEEFT NIEMAND JE WAT GEZEGD? ZE IS DOOD! GISTERAVOND OVERLEDEN!
DOOD... HOEZO?
ZE HEEFT ZICH DOODGELACHEN!
HUILEN HEEFT GEEN ZIN, LIESJE! JE MOET LACHEN! LACHEN IS HET BESTE ANTI-STRESS MIDDEL. WIE FYSIEK OF MENTAAL GESPANNEN IS, MOET LACHEN!
STIL MAAR!
240
3
BERCOVICI-CAUVIN

Informatiestroom

ALS, IN UW OMGEVING, IEMAND MET STROOM IN CONTACT KOMT EN U VREEST VOOR 'N ELEKTROCUTIE...
ANJ
ARNJ
NJJJ
DAAR ZIE 'T NAAR UIT!
RAAK HET SLACHTOFFER DAN NIET AAN VOOR U DE STROOM HEBT UITGESCHAKELD.
GAA
KSJJJJ
PITS
ALEX! WAAR MOET IK DE STROOM UITSCHAKELEN?
ANJ
AGAA
HOE
PSJJJ
WAAR?
ANJANJA
AGA!
JA, NATUURLIJK STAAT DAT STOMME DING IN DE KELDER!
KLAK
... BEL DAN DE HULPDIENST.
JA! 'N ELEKTROCUTIE! SNEEUWBESLAAN 5! GOED, IK WACHT OP U!
ALS HET SLACHTOFFER IS FLAUWGEVALLEN, MOET U EERST NAGAAN OF HET NOG ADEMT!
SCHAT?
ALEX!
2

KLOPT HET HART NOG?
ALEX?
SCHAT?
ALS U GEEN HARTSLAG MEER VOELT EN HET SLACHTOFFER ADEMT NIET MEER, PAS DAN KUNSTMATIGE BEADEMING TOE. WEET U HOE U DAT DOET?
NEEEE!
ALS U DAT NIET WEET, IS HET VEILIGER ER EEN BUUR BIJ TE HALEN DIE EEN E.H.B.O.-CURSUS HEEFT GEVOLGD...
'N E.H.B.O.-CURSUS? NOOIT VAN GEHOORD?
NEE! MAAR IK WIL 'M WEL DE BIECHT KOMEN AFNEMEN!
NEE, MAAR MISSCHIEN KUNNEN MIJN JONGENS U WEL HELPEN!
GODZIJDANK!
HARRY!
HENK!
JOHN!
OTTO!

DE VERPLEGERS ZULLEN NADIEN HET SLACHTOFFER OVERNEMEN !
DRRRiiiING
DRRRiiiING
KLAK
ANJAAA
NJÉ
HOE !
WAT DOET U IN GEVAL VAN ELEKTROCUTIE?

Bad boy!

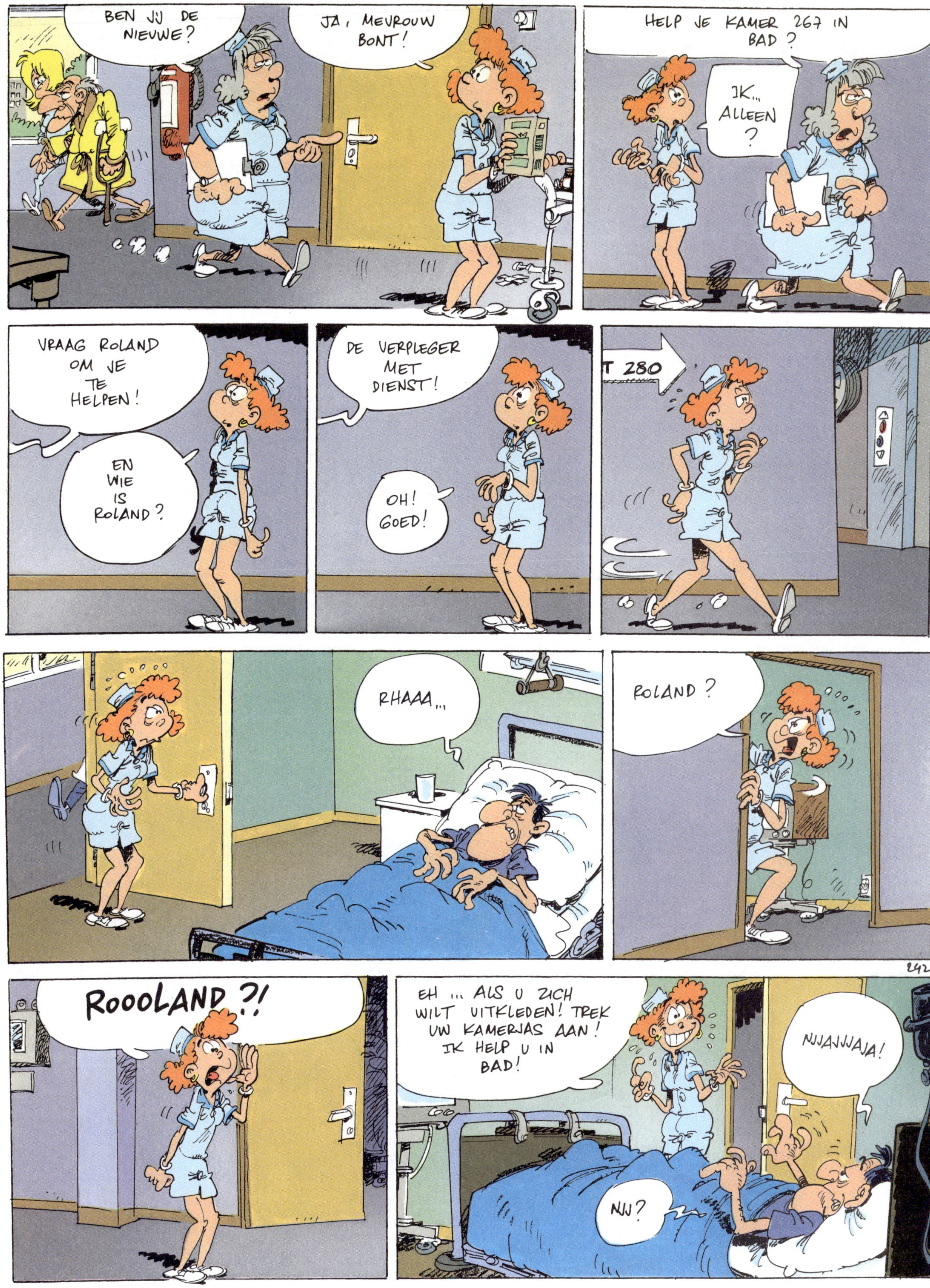
BEN JIJ DE NIEUWE?
JA, MEVROUW BONT!
HELP JE KAMER 267 IN BAD?
IK... ALLEEN?
VRAAG ROLAND OM JE TE HELPEN!
EN WIE IS ROLAND?
DE VERPLEGER MET DIENST!
OH! GOED!
T 280
RHAAA...
ROLAND?
ROOOLAND?!
EH... ALS U ZICH WILT UITKLEDEN! TREK UW KAMERJAS AAN! IK HELP U IN BAD!
NJAJJJAJA!
NJJ?

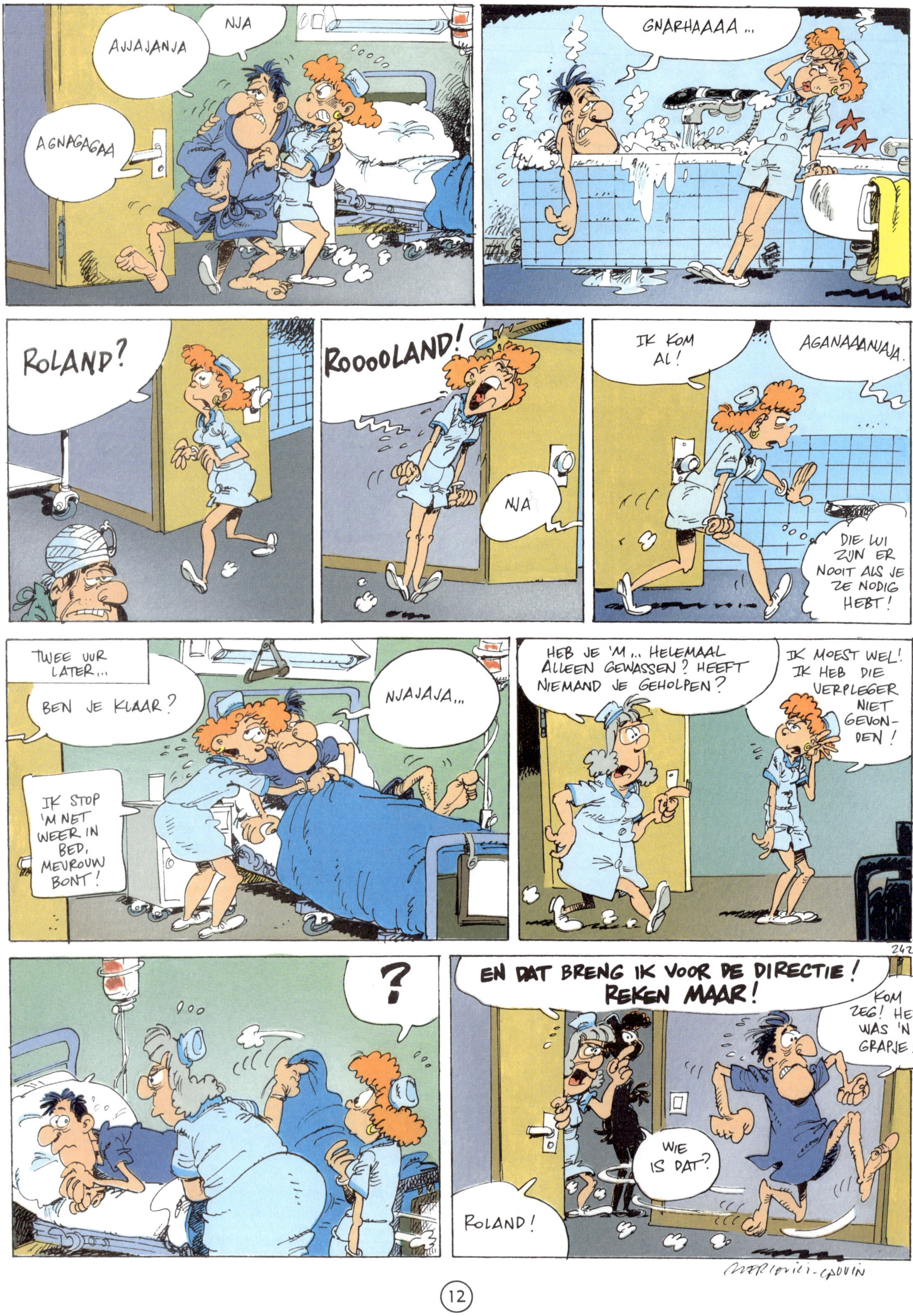
AJJAJANJA
NJA
AGNAGAGAA
GNARHAAAA...
ROLAND?
ROOOOLAND!
NJA
IK KOM AL!
AGANAAANJAJA.
DIE LUI ZIJN ER NOOIT ALS JE ZE NODIG HEBT!
TWEE UUR LATER...
BEN JE KLAAR?
NJAJAJA...
IK STOP 'M NET WEER IN BED, MEVROUW BONT!
HEB JE 'M... HELEMAAL ALLEEN GEWASSEN? HEEFT NIEMAND JE GEHOLPEN?
IK MOEST WEL! IK HEB DIE VERPLEGER NIET GEVONDEN!
?
EN DAT BRENG IK VOOR DE DIRECTIE! REKEN MAAR!
KOM ZEG! HET WAS 'N GRAPJE!?
WIE IS DAT?
ROLAND!

De zwaardendans

JE KLEEDT JE UIT...
...EN KOMT...
... TERECHT OP 'N TAFEL DIE JE NAAR 'N SCANNER BRENGT.
VRRRRRRR
KLAK
VRRRRRRR
IN EERSTE INSTANTIE WORDT ER ALLEEN EEN DIAGNOSE GESTELD...
DZZZZ
TUT
ZZZZ
KLIK
POK
KLIK
RRRR
KLIK
KLAK
VRRRRR
ALS ER NIKS SCHORT, WORD JE GEWOON WEER NAAR BUITEN GEREDEN...
SSSWJJ
VRRRRR
MAAR BIJ DE MINSTE ANOMALIE WORDT ER 'N DOORGEDREVEN ONDERZOEK GEDAAN...
TSJAK
BIP
DZZZ
BIP
WUUUUUU
VRRRRRR
KLIK
VRRRR
KLAK
... WORDT DE BEHANDELING BEPAALD...
OPEN-HARTOPERATIE EN WEGNEMING VAN DE RECHTER HARTKAMER.
AORTA SCHOONMAKEN.
KNOPEN VAN KEITH EN FLACK CONTROLEREN.
DICHTNAAIEN.
OUT.
... EN WORD JE NAAR DE CENTRALE COMPUTER GESTUURD.
SSWJ
VRRRRRRRRRR
SSWJJ

DAAR...
DZZZ
FLAP
DZZZZ
PFFFFFH
VRRRRRR
... WORDT DAN DE OPERATIE ZELF UIT-GEVOERD
KLIK
Wiii
DZZZ
BIP
BIP
Z
EN IN MINDER DAN GEEN TIJD BELAND JE ...
ZZZZ
BZZZZ
DZZZ
BZZZ
Wiii
SWJJ
KLIK
VRRRRRR
KLIK
... IN 'N VOLLEDIG ONTSMETTE KAMER, ONDER DE CONTROLE VAN EEN LAATSTE COMPUTER-ROBOT DIE JE HERSTEL NAUWGEZET CONTROLEERT.
ALS JE WEER FIT BENT...
HAAL JE JE CREDIT-CARD WEER TERUG...
SPRRT
... EN KRIJG JE EEN GEDETAILLEERDE REKENING VAN DE BEHANDELING EN JE VERBLIJF IN HET ZIEKENHUIS.
EEN DUBBEL VAN DIE REKENING GAAT NAAR DE CENTRALE COMPUTER VAN DE SOCIALE ZEKERHEID...
'N ZEGEN VOOR DE PATIËNT, NATUURLIJK! MAAR VOOR ONS 'N NACHTMERRIE!

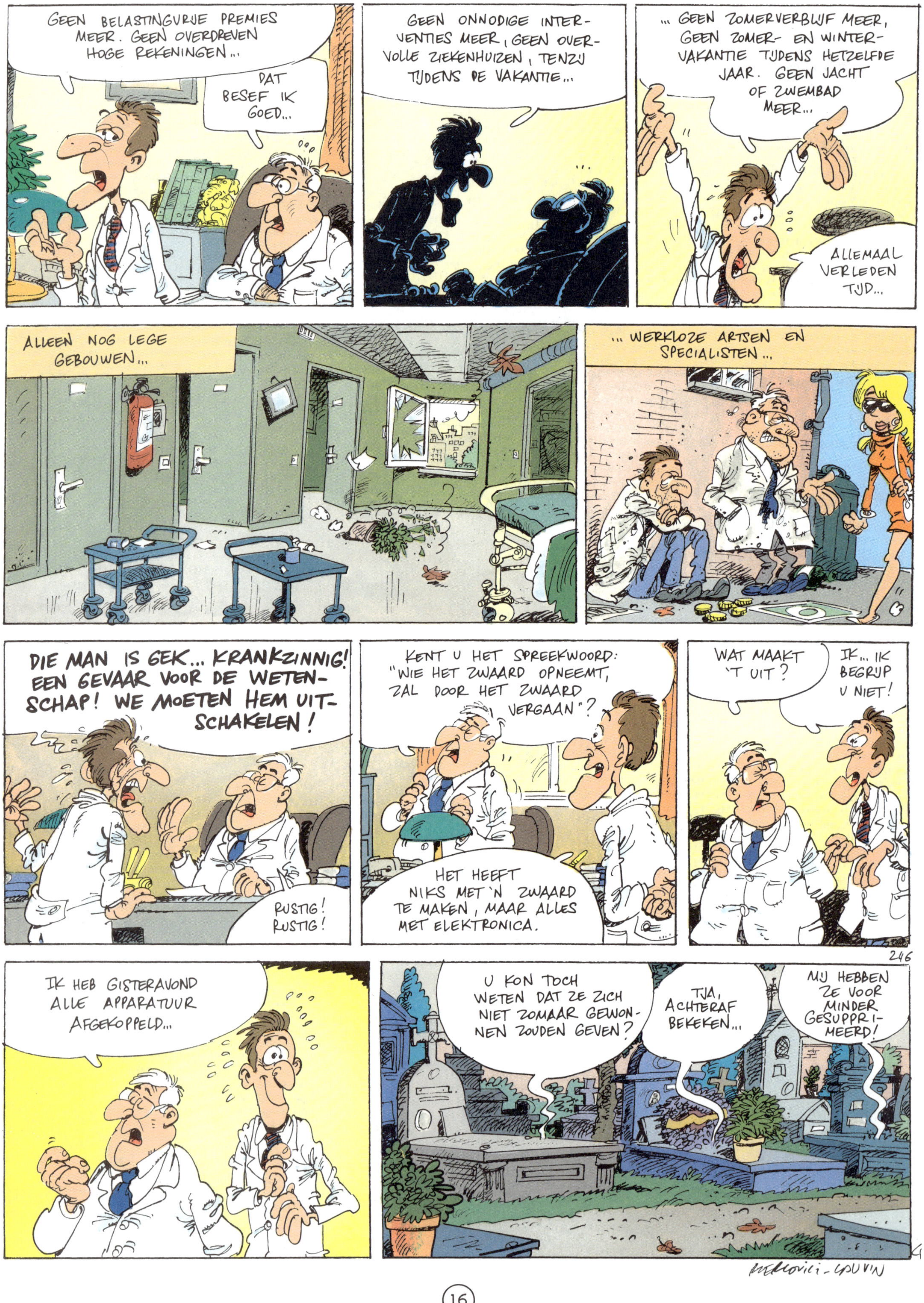
GEEN BELASTINGVRIJE PREMIES MEER. GEEN OVERDREVEN HOGE REKENINGEN...
DAT BESEF IK GOED...
GEEN ONNODIGE INTERVENTIES MEER, GEEN OVERVOLLE ZIEKENHUIZEN, TENZIJ TIJDENS DE VAKANTIE...
... GEEN ZOMERVERBLIJF MEER, GEEN ZOMER- EN WINTERVAKANTIE TIJDENS HETZELFDE JAAR. GEEN JACHT OF ZWEMBAD MEER...
ALLEMAAL VERLEDEN TIJD...
ALLEEN NOG LEGE GEBOUWEN...
... WERKLOZE ARTSEN EN SPECIALISTEN...
DIE MAN IS GEK... KRANKZINNIG! EEN GEVAAR VOOR DE WETENSCHAP! WE MOETEN HEM UITSCHAKELEN!
RUSTIG! RUSTIG!
KENT U HET SPREEKWOORD: "WIE HET ZWAARD OPNEEMT, ZAL DOOR HET ZWAARD VERGAAN"?
HET HEEFT NIKS MET 'N ZWAARD TE MAKEN, MAAR ALLES MET ELEKTRONICA.
WAT MAAKT 'T UIT?
IK... IK BEGRIJP U NIET!
IK HEB GISTERAVOND ALLE APPARATUUR AFGEKOPPELD...
U KON TOCH WETEN DAT ZE ZICH NIET ZOMAAR GEWONNEN ZOUDEN GEVEN?
TJA, ACHTERAF BEKEKEN...
MIJ HEBBEN ZE VOOR MINDER GESUPPRIMEERD!

Zzzzzzzlaapprocezzzzzzz…

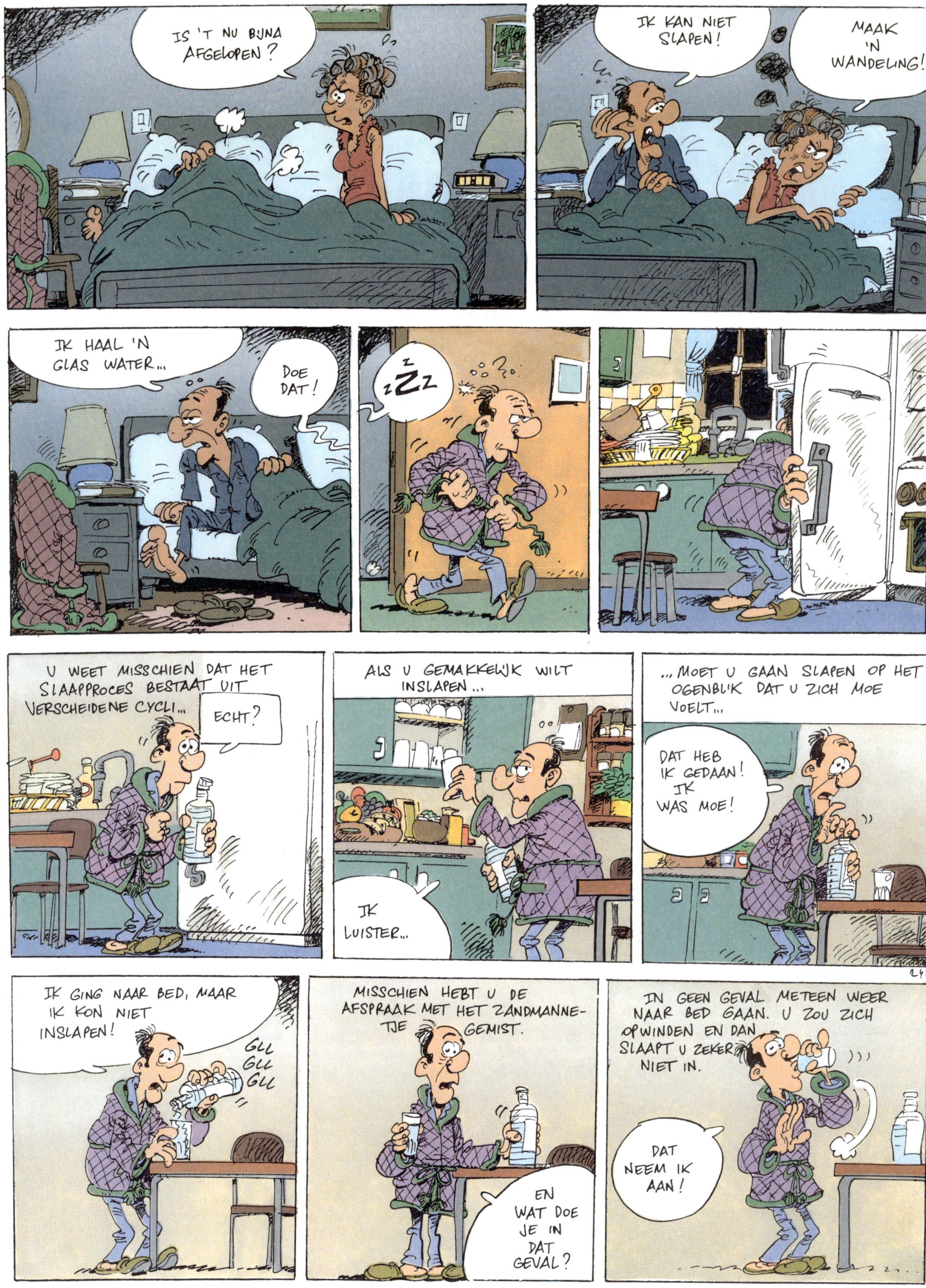

EN OOK AL SLAAPT U IN VOOR 'T BEGIN VAN DE VOLGENDE CYCLUS, DAN WORDT U IN HET MIDDEN VAN DIE VOLGENDE CYCLUS TOCH WEER WAKKER.
BRRR! VRESELIJK!
U KUNT DUS BETER VOLLEDIGE CYCLI SLAPEN EN NU WACHTEN TOT U OPNIEUW MOE WORDT.
EN HOE?
GA BIJVOORBEELD WAT LEZEN...
WAAROM NIET?
U ZULT ZIEN...
... DAT U NOOIT LANGER DAN 'N UUR HOEFT TE WACHTEN. ALS U WEER INDOMMELT...
Z
ZZZ
POF
... SCHIET U METEEN NAAR BED.
ZZZZZZ
U SLAAPT DAN ZONDER PROBLEMEN WEER IN...
BOM
Z
247
U WEET MISSCHIEN DAT HET SLAAP-PROCES BESTAAT UIT VERSCHEIDENE CYCLI..
HEE! 'T IS GENOEG GEWEEST!
2
MERCOVICI-CAUVIN

Tussen leven en dood…

KOM MAAR, SCHAT, ACHTERUIT... JA, VOORZICHTIG... VOOOOR-ZICH-TIG!
VROM VROOM
VRROOOOMM
?
NIET TE GELOVEN! ZE HEEFT BIJ HAAR RIJ-EXAMEN HAAR EXAMINATOR VERLEID...
OF ZE HEEFT 'M OMGEKOCHT!
MMM... COCO CHANEL NR. 15! DAT KAN NIET IEDEREEN DRAGEN, MEVROUW...
ZE IS VAST BEELD-SCHOON...
TUT TUT
TUT
TUT TUT, TUT TUT, TUT TUT TUT TUT... TUT
?
TUT TUT
!
AAAH! NEEE... GA NIET WEG!
DOKTER! DE PATIËNT HEEFT GEREAGEERD.
DA'S NORMAAL. HET ORGANISME BEREIDT ZICH VOOR OP DE NADERENDE DOOD...
NOU, NOU, KAN ONZE INTELLECTUEEL NIKS LEUKERS VERZINNEN?
LEVEN EN DOOD... ALS IK ME NU EEN BEETJE LAAT DOODGAAN, DAN KAN IK ZIEN WAT ER WAAR IS VAN AL DIE VERHALEN OVER HET OVERGAAN NAAR DE ANDERE ZIJDE...
OPGELET, IK HOU M'N ADEM IN...
GOD ZEGENE DE GREEP...

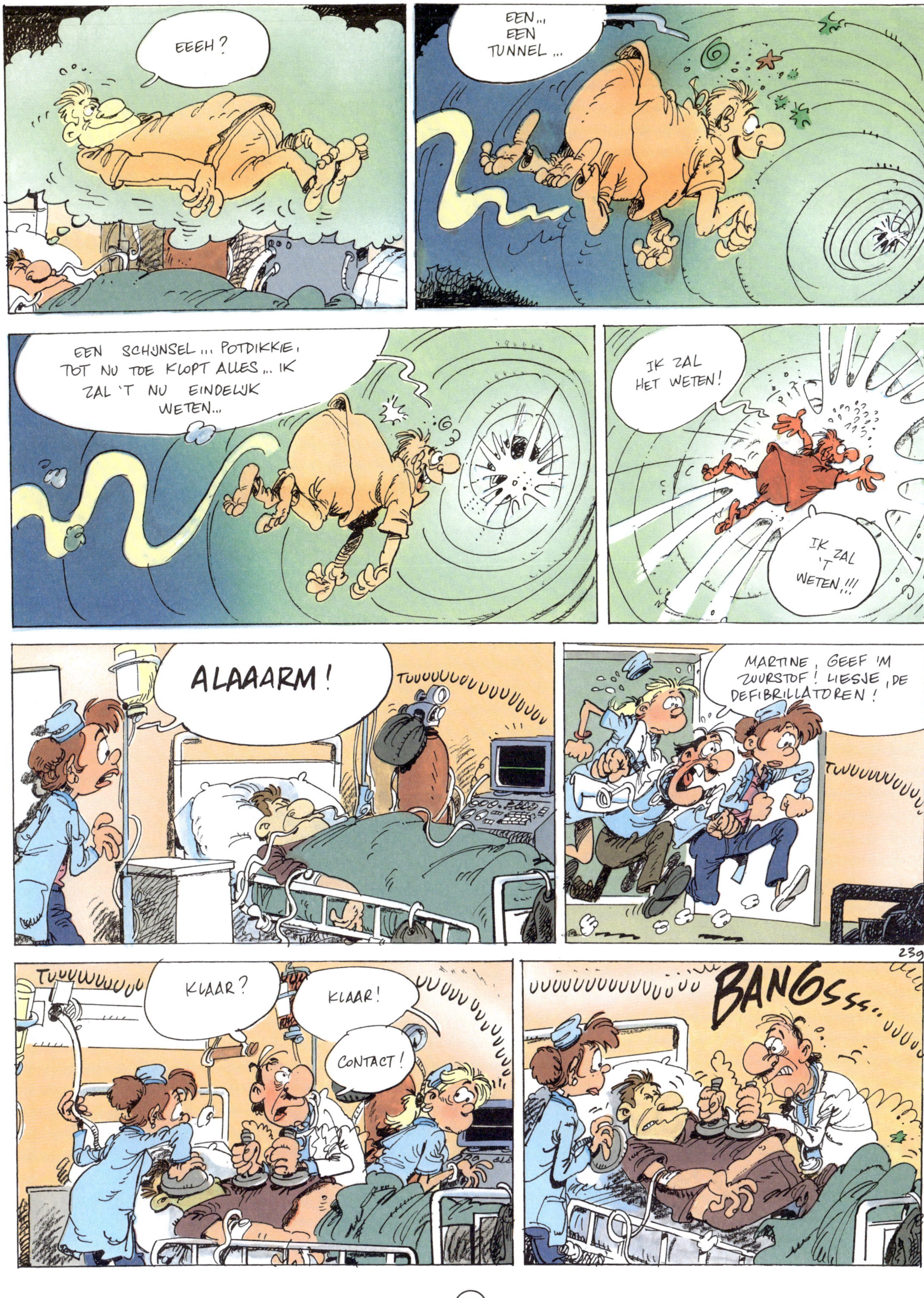
EEEH?
EEN... EEN TUNNEL...
EEN SCHIJNSEL... POTDIKKIE, TOT NU TOE KLOPT ALLES... IK ZAL 'T NU EINDELIJK WETEN...
IK ZAL HET WETEN!
IK ZAL 'T WETEN!!!
ALAAARM!
TUUUUUUUUUUUUUUU
MARTINE, GEEF 'M ZUURSTOF! LIESJE, DE DEFIBRILLATOREN!
TUUUUUUUUUUU
TUUUUUUUUUU
KLAAR?
KLAAR!
CONTACT!
UUUUUUUUUUUUUU
BANGsss...
239

MONITOR?
TUUUUUUUUUUUUUUUUUUUUU
NIETS!
ELECTROCARDIOGRAM?
GEEN REACTIE!
NOG EEN KEER!
EEN... TWEE... DRIE...
BANGSsssss
JAAA!
UUUUUUUTUT... TUTUT TUT
HET ELECTROCARDIOGRAM GEEFT EEN UITSLAG, DOKTER!
OEF!
HIJ IS WEER TERUG!
GEEF 'M EEN INJECTIE MET 20 CC ANDROALECTAMINE EN HOU 'M VOORTDUREND ONDER CONTROLE!
KOMT VOOR ELKAAR, DOKTER!
NET OP HET MOMENT DAT IK HET GING WETEN! WAT 'N SOF! WAT 'N VRESELIJKE SOF!
TUT TUT
SGNIF? HÉ, ZO TE RUIKEN IS COCO CHANEL WEER TERUG...
ZOU IK SJANS HEBBEN?
AJ
WAT DOET ZE? WAT DOET ZE?
AAAUW!
WAT KRIJGEN WE NOU, ZEG?! BRUUT!
'N GEPARFUMEERDE BRUUT, MAAR TOCH EEN BRUUT...
GOED ZO! GA MAAR GAUW WEG!

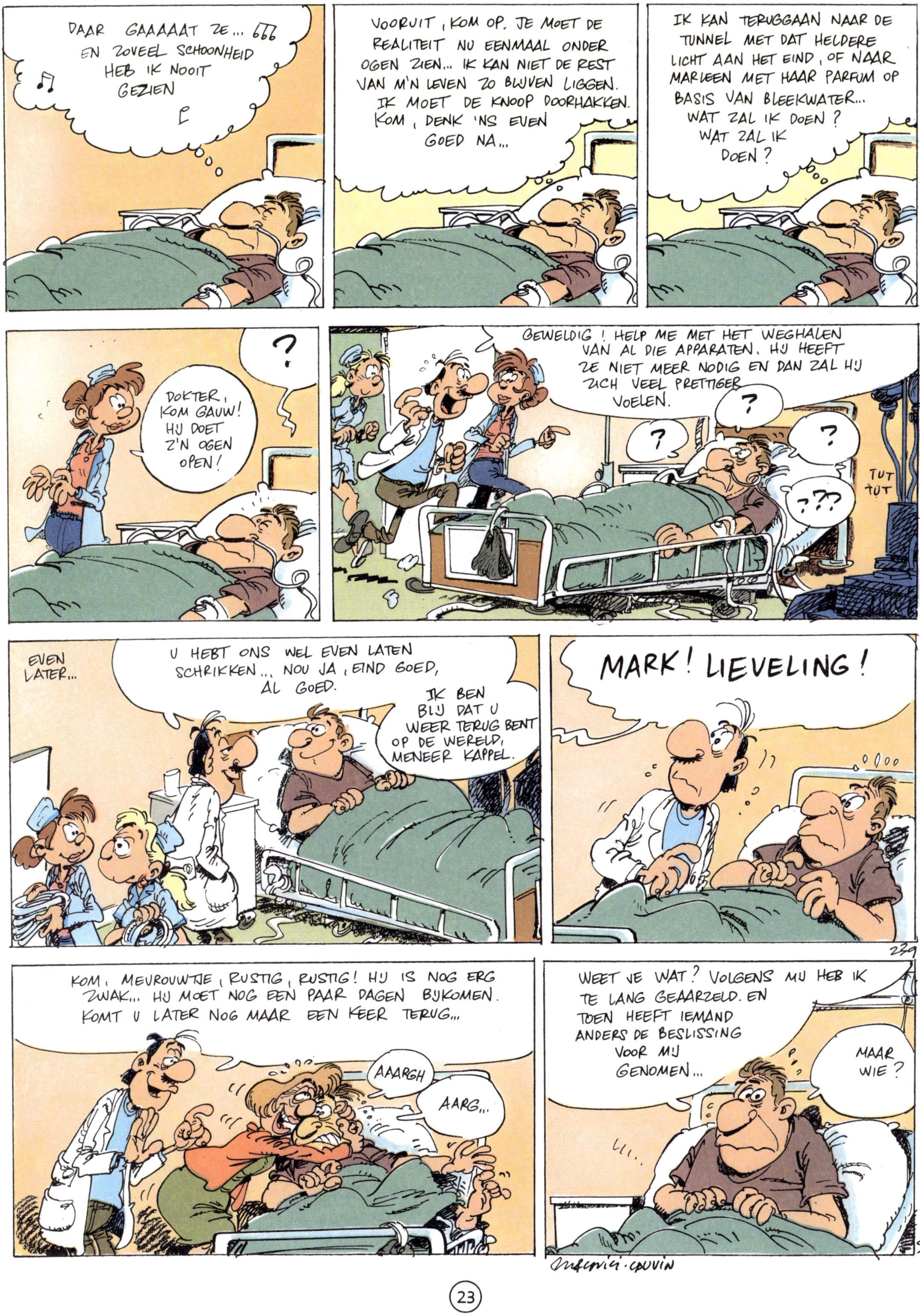
DAAR GAAAAAT ZE... EN ZOVEEL SCHOONHEID HEB IK NOOIT GEZIEN
VOORUIT, KOM OP, JE MOET DE REALITEIT NU EENMAAL ONDER OGEN ZIEN... IK KAN NIET DE REST VAN M'N LEVEN ZO BLIJVEN LIGGEN. IK MOET DE KNOOP DOORHAKKEN. KOM, DENK 'NS EVEN GOED NA...
IK KAN TERUGGAAN NAAR DE TUNNEL MET DAT HELDERE LICHT AAN HET EIND, OF NAAR MARLEEN MET HAAR PARFUM OP BASIS VAN BLEEKWATER... WAT ZAL IK DOEN? WAT ZAL IK DOEN?
?
DOKTER, KOM GAUW! HIJ DOET Z'N OGEN OPEN!
GEWELDIG! HELP ME MET HET WEGHALEN VAN AL DIE APPARATEN. HIJ HEEFT ZE NIET MEER NODIG EN DAN ZAL HIJ ZICH VEEL PRETTIGER VOELEN.
?
?
?
???
TUT TUT
EVEN LATER...
U HEBT ONS WEL EVEN LATEN SCHRIKKEN... NOU JA, EIND GOED, AL GOED.
IK BEN BLIJ DAT U WEER TERUG BENT OP DE WERELD, MENEER KAPPEL.
MARK! LIEVELING!
KOM, MEVROUWTJE, RUSTIG, RUSTIG! HIJ IS NOG ERG ZWAK... HIJ MOET NOG EEN PAAR DAGEN BIJKOMEN. KOMT U LATER NOG MAAR EEN KEER TERUG...
AAARGH
AARG...
WEET JE WAT? VOLGENS MIJ HEB IK TE LANG GEAARZELD. EN TOEN HEEFT IEMAND ANDERS DE BESLISSING VOOR MIJ GENOMEN...
MAAR WIE?

Enerzijds... anderzijds

... DAT U ALLEEN MOET VLIEGEN...
... DAT U ALLEEN MOET OPEREREN...
TUT
TUT
TUUT
BEGAAT U 'N VERGISSING...
?!
20K
BEGAAT U 'N VERGISSING...
?!
DA'S DAN PECH VOOR U...
BOOM
DA'S DAN PECH VOOR HEM...
TUUUUUUUU
VOOR U IS HET AFGELOPEN...
VOOR U GAAT 'T LEVEN GEWOON VERDER...
DE VOLGENDE!
MORTUARIUM

Slaap, kindje, slaap

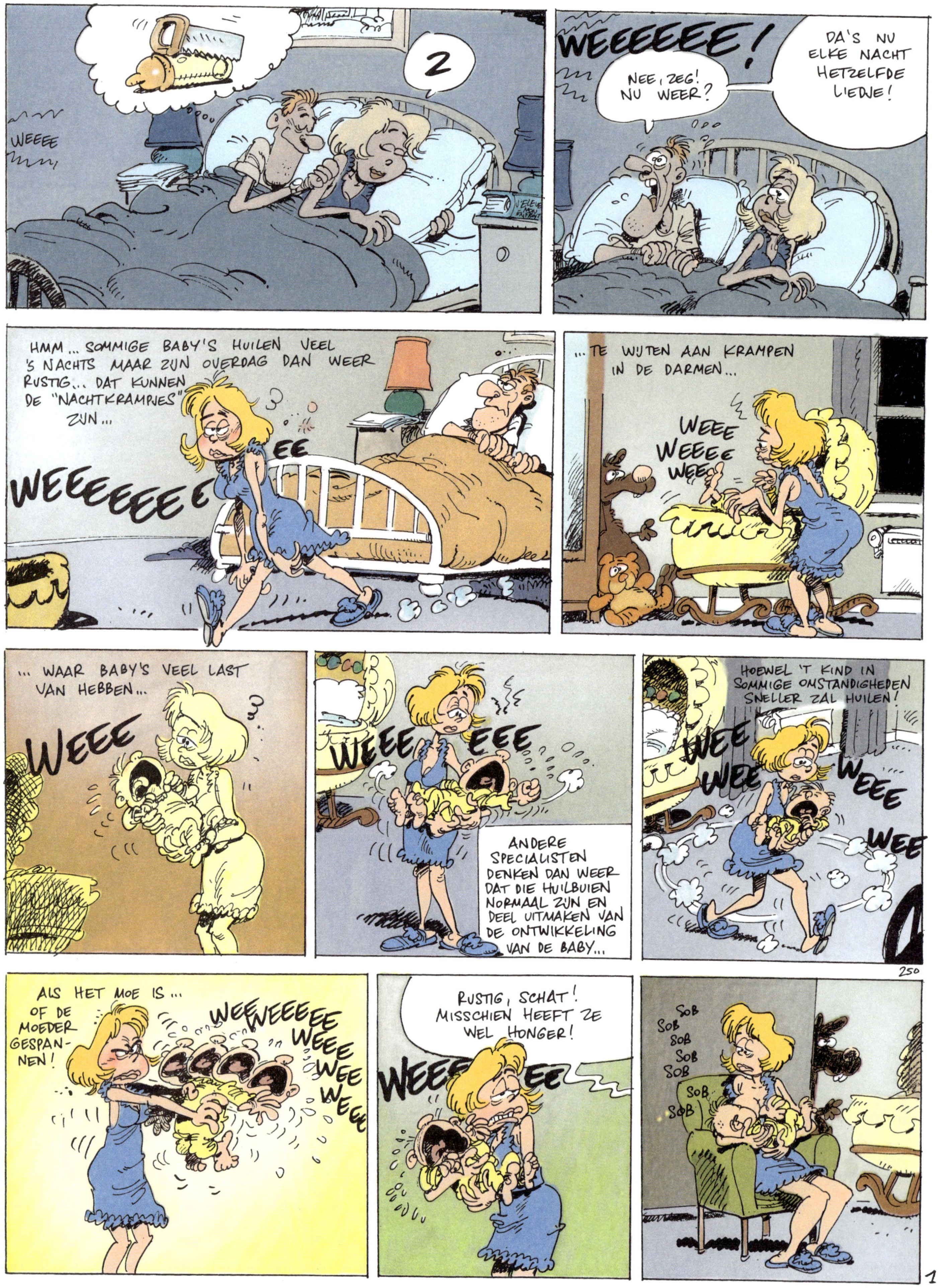

ZIE JE WEL?
BURP
WEEEEEE
OF MISSCHIEN HEEFT DE MOEDER NIET GENOEG MELK MEER ALS ZE DE BORST GEEFT...
HEEFT ZE WEL GENOEG GEGETEN?
IK KAN EEN HEEL DORP BEVOORRADEN, ALS JE DAT WIL-DE WETEN!
WEEE
IN DAT GEVAL KUNT U DE BABY BETER...
WEEEEE WEEE
... TOCH EEN FLESJE GEVEN...
SOB SOB SOB SOB SOB
BURP.
EEE WEEEEEEEEEE EEEE EE
ALS DE BABY BLIJFT HUILEN EN U ZELF DE VOLGENDE OCHTEND NIET ZENUWACHTIG WILT ZIJN, OF UITGETELD...
WEEEEEE WEEEEEEE WEEEEE
... MOET UW MAN 'T MAAR EVEN OVERNEMEN...
WEEEEEE EEE

WEEEEEEEWEE
EEE
WEE
WEE
WEE
EEE
SOB
SOB
SOB
SOB
SOB
SOMS IS 'T ONTZETTEND MOEILIJK VOL TE HOUDEN...
WEEEEEE!
WANT U MOET ZICHZELF ONDER CONTROLE KUNNEN HOUDEN...
WEEEEE
?!
...EN IN GEEN GEVAL AGRESSIEF WORDEN TEGEN HET KIND...
WEEEEEE
ERWIN!
KLOMP
SCHAAM JE JE NIET?
JA!
WEEEEEEEEEEEEEEE
IK KAN NIET MEER... IK BEN DOODOP!
BOEF

ALS U ECHT EVEN WILT UITBLAZEN, BRENG DE BABY DAN NAAR IEMAND DIE U KUNT VERTROUWEN...
WEEEEEE
ZEG, SCHAT? HOE LANG ZIJN WE AL NIET MEER BIJ JE OUDERS GEWEEST?
TWEE WEKEN!
...
WEEE WEEEE WEEE
TWEE WEKEN? FOEI!
DA'S NIET NETJES!
CHRISTIANE! ER IS BEZOEK!
AH? CHANTAL, ERWIN! WAT 'N VERRASSING!
LATEN JULLIE AMBER EEN PAAR DAGEN HIER? MAAR NATUURLIJK! ZELF DURFDEN WE 'T NIET VOOR TE STELLEN, SNAP JE! ZO IS HET TOCH, WILLY?
MJA, JA!
TOT KIJK!
EN ZORG GOED VOOR HAAR!
JE KUNT OP ONS REKENEN!
MAAK JE GEEN ZORGEN, SCHAT! ZE ZAGEN ER ZO GELUKKIG UIT!
JA, MAAR ZIJN ZE NU NOG GELUKKIG, DENK JE?
WEEEEE WEEEE WEEEE
SMEERLAP!

En niemand die wat zegt…

Zenuwen!

DRRRIiiiiNG..... DRRRIiiiiNG..... DRRRIiiiiNG
JA HOOR! IK KOM!
NEEM ME NIET KWALIJK DAT IK U STOOR, MEVROUW DE WIT! HET GAAT OVER M'N MAN!
WAT IS ER DAN?
IK HEB GEHOORD DAT U 'N VERPLEEGSTERS-OPLEIDING HEBT GEHAD EN DAAROM DAT IK... NOU JA... MISSCHIEN DAT U KUNT HELPEN...
BLIJF NU MAAR EVEN RUSTIG EN VERTEL ME WAT ER AAN DE HAND IS.
WEL... EH... IK STOND AF TE WASSEN...
EN TOEN HOORDE IK...
?
AAAH...
RHAAA
AAAAH!
AAAAH!
ALEX STOND IN DE KAMER TE ROEPEN...
?
AAAH!
AAAAAAH!
AGNAGNA
...EN TE SCHREEUWEN...
AAAAAAAAAAARGH
GNNN!
EN... HIJ STOND ZICH VERSCHRIKKELIJK DRUK TE MAKEN...
GN! GN! GN! GN! GN!
PFFF

BOM BOM BOM
BOM
GNNNN!
BOM BOM BOM BOM BOM
AAAAAAARGH!
DONK DONK
DONK
DAT LIJKT ME DUIDELIJK! UW MAN HEEFT EEN ZENUWAANVAL!
HET LIJKT ME OOK ZO VREEMD.
WAT HEBT U GEDAAN?
...DE MEDISCHE ENCYCLOPEDIE GENOMEN!
FLOP
Z... ZA... AHA! ZENUW-AANVAL!!!
AGNAA AGNAGN GNAA
MAG IK EVEN? IK HOOR NIET WAT ER STAAT!
AGNAGNA GNAGNN AAGNN GNA?!
... GEEN ALCOHOL GEVEN... 'M NAAR EEN RUSTIGE EN GOED VERLUCHTE KAMER BRENGEN.
DE VERANDA!
AGNA GNA
244
AGNAGNAGNAGNAGNAAA...
GEBRUIK AL UW RUST EN OVERTUIGINGSKRACHT... DE PATIËNT MOET GAAN LIGGEN!
AGN!
RAGNNN...
2

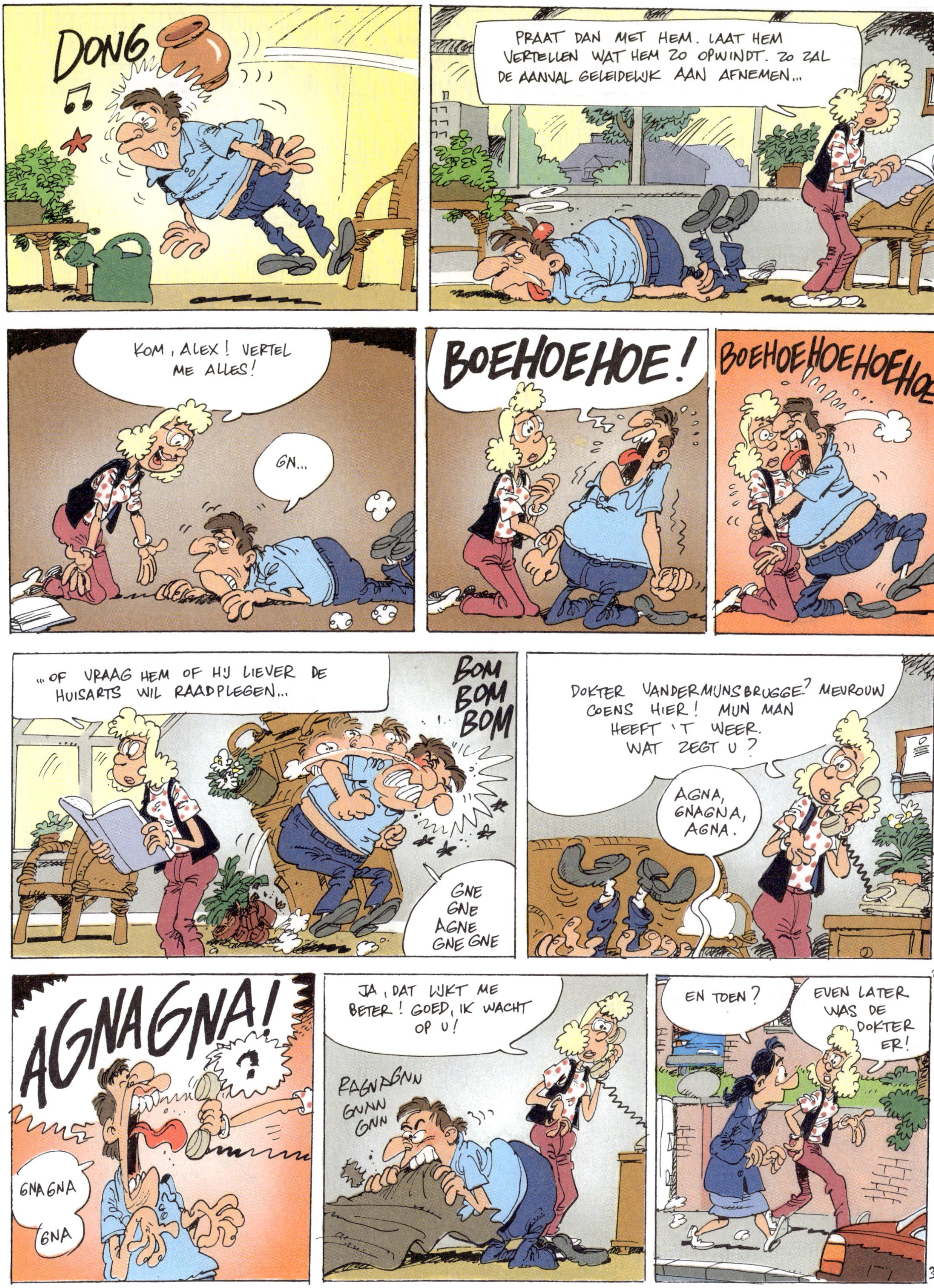
DONG
PRAAT DAN MET HEM. LAAT HEM VERTELLEN WAT HEM ZO OPWINDT. ZO ZAL DE AANVAL GELEIDELIJK AAN AFNEMEN...
KOM, ALEX! VERTEL ME ALLES!
GN...
BOEHOEHOE!
BOEHOEHOEHOEHOE
...OF VRAAG HEM OF HIJ LIEVER DE HUISARTS WIL RAADPLEGEN...
BOM BOM BOM
GNE GNE AGNE GNE GNE
DOKTER VANDERMIJNSBRUGGE? MEVROUW COENS HIER! MIJN MAN HEEFT 'T WEER. WAT ZEGT U?
AGNA, GNAGNA, AGNA.
AGNAGNA!
?
GNAGNA
GNA
JA, DAT LIJKT ME BETER! GOED, IK WACHT OP U!
RAGNAGNN GNNN GNN
EN TOEN?
EVEN LATER WAS DE DOKTER ER!

DAN HEBT U TOCH PRECIES GEDAAN WAT U MOEST DOEN. WAT IS ER DAN FOUT GELOPEN?
NOU JA ... TOEN DE DOKTER HIER ARRIVEERDE...
WAAR IS UW MAN?
EH ... ZOWAT OVERAL, MAAR IK DENK DAT HIJ NU BIJ DE T.V. ZIT.
WELWELWEL ... VERTEL ME NU 'NS WAT ER EIGENLIJK AAN DE HAND IS ...
AGNAGNAGN!!!! AGNAGNAGNAAA...
?
WAT? 4-0?! MET 4-0 DE BOOT IN?!?...
AAAAAH!
244
AGNAGNAWAAAAA...
ZIET U?
DONK DONK DONK
EN VERTEL ME NU 'NS: WAT MOET IK DOEN?
CLERCVICI . CAUVIN

Uit het oog, uit het hart!

SKRIIIP SKRIIIP SGNIF SKRIIIP
IS 'T WEG?
NEE!
HAAL 'T VUIL WEG MET 'T PUNTJE VAN 'N SCHONE ZAKDOEK!
WIL JIJ DAT NIET EVEN DOEN?
GEEN SPRAKE VAN! IK BEN TE ZENUWACHTIG! IK ZOU JE KUNNEN VERWONDEN!
BEDANKT HOOR!
WRIJF WRIJF WRIJF
IS 'T NU WEG?
NEE!
DAN RIJDEN WE NAAR HET ZIEKENHUIS!
DAAR ZULLEN ZE ME PIJN DOEN! IK WEET ZEKER DAT ZE ME PIJN ZULLEN DOEN.
ACH NEE! DAAR HEBBEN ZE TENMINSTE ALLES BIJ DE HAND OM JE GOED TE VERZORGEN!
EVEN LATER...
ELX WABKR MNABGF DUPTZCM
GA ZITTEN! DRUK UW VOORHOOFD TEGEN DE STEUN!
UW OGEN WIJD OPEN... NOG MEER!

?
?
ACTUW KRLTG BCM
WILT U HIER EVEN WACHTEN, ALSTUBLIEFT! IK BEN ZO TERUG!
TREK UW OOGLEDEN OP!
NOG...
ZO VER MOGELIJK!
PLINK! KLINGKL
ZO! HET IS VOORBIJ!
GAAT 'T BETER?
NU WEL!
WAS 'T ERNSTIG, DOKTER?
HELEMAAL NIET...
... MAAR ...
JA?
... WAAROM HEBT U NIET METEEN VERTELD DAT UW MAN 'N GLAZEN OOG HAD?
RUND DAT IK WAS. IK DACHT DAT 'T JE GOEDE OOG WAS!
IK OOK, SCHAT! TWINTIG JAAR LATER BEN IK 'T NOG STEEDS NIET GEWEND.

Elektronisch brein

MAAR DOOR AL DIE ELEKTRODEN, DRADEN, BUISJES ENZOMEER KON DE MAN NIET BEHOORLIJK BEWEGEN!
EN WAT DOE IK NU?
WAT MOEST GEBEUREN, GEBEURDE OOK...
TUT TUT TUT
OP 'N DAG KREEG HIJ 'N HARTINFARCT...
TUT... TUT... TUT... TUT...
BINNEN DE PAAR SECONDEN WAS HIJ DOOD!
TUUUUUUUUUUUT...
OUT!
DAAROM HEBBEN WE HET NU ANDERS AANGEPAKT...
WE HEBBEN DE ELEKTRODEN AANGESLOTEN OP DIVERSE HERSENDELEN. DAARDOOR WAS HET MOGELIJK...
...DE VROEGSTE HERINNERINGEN OP TE VRAGEN...
IK HEET BERT FORNUIS EN BEN EEN JAAR OUD! IK WERD GEBOREN IN 1962. PAPA HEET BART EN MAMA ANNE. IK HEB EEN LEUKE ZUIGFLES MAAR EEN LELIJKE FOPSPEEN!
...TOT...
OP NADIA BEN IK VERLIEFD. ZE HEEFT PRACHTIGE BLAUWE OGEN EN MOOIE HANDEN. MISSCHIEN TROUW IK LATER MET HAAR. MAAR DAT ZIEN WE NOG WEL. IK MOET EERST AAN M'N STUDIE DENKEN.
...DE MEEST RECENTE...
IK HEB HOOFDPIJN! DAT KOMT VAST DOOR MIJN WERK. IK MOET DRINGEND NAAR DE DOKTER. OH, WAT DOET M'N HOOFD PIJN!

...DIE HEBBEN WE IN ZIJN ELEKTRONISCH GEHEUGEN OPGESLAGEN!
WE HEBBEN HETZELFDE GEDAAN MET DE HERSENEN VAN DE DONOR. DIE WAS OM HET LEVEN GEKOMEN BIJ EEN BANAAL VERKEERSONGEVAL, MAAR ZIJN HERSENEN WAREN NOG ONGESCHONDEN...
OOK DAAR KREEG DE COMPUTER DE OPDRACHT ALLE HERINNERINGEN OP TE SLAAN...
... OM ZE DAARNA ZORGVULDIG TE WISSEN...
KLIK KLIK KLIK KLIK
CLEAR
WE HEBBEN DUS EEN NIEUW STEL HERSENEN GECREËERD, ZONDER HERINNERINGEN. EEN BEETJE ALS DE HERSENEN VAN EEN PASGEBOREN BABY...
MORTUARIUM
EN TOEN HET ZOVER WAS...
VANDAAG IS DE GROTE DAG! ZIJN WE NIKS VERGETEN?
...HEBBEN WE DIE OVERGEPLANT...
HIER ZIJN ZE, PROFESSOR!
?
...IN DE HERSENPAN VAN ONZE PATIËNT.

MERCOVICI - CAUVIN

Soepele stieren

"STRETCHING" HEET DAT. LETTERLIJK ALLES EVEN STREKKEN...
HET GEBEURT MAAR AL TE VAAK DAT IEMAND DIE ONVOLDOENDE IS OPGEWARMD...
HMPF
...ZICH BLESSEERT DOOR EEN VERKEERDE BEWEGING...
ONGELUKKEN KUNNEN ER TROUWENS OOK GEBEUREN ALS JE TURNT ONDER STRESS OF TIJDENS ANGSTAANVALLEN...
OEF
RAAH
DAAROM MOET JE ONTSPANNEN LOPEN!
JA, LIEVERD.
MAG IK DAN NU VERTREKKEN?
JA! GA MAAR!
BLAF
?! !!
TROMP TROMP TROMP
EVEN LATER...
EN ALS JE ME NODIG HEBT, ROEP JE MAAR! IK BEN ALTIJD IN DE BUURT!
GRMMF...
NOU, U BOFT MAAR EVEN DAT UW VROUW HIER ALS VERPLEEGSTER WERKT!
OM EERLIJK TE ZIJN: DAT VIND IK NIET!

Schoon genoeg

DE AFDELING KLACHTEN, ALSTUBLIEFT!
P... PARDON?
IK WIL DE DIRECTEUR VAN DIT ZIEKENHUIS SPREKEN!
?
HEBT U KLACHTEN OVER EEN BEHANDELING?
NEE? AH, IK DACHT OOK AL, U ZIET ER ZO GEZOND UIT... MAAR HET ZOU NIET DE EERSTE KEER ZIJN, WEET U...
IK BEL 'M EVEN...
JA? ... WAT WIL HIJ?... GOED, IK KOM ERAAN.
... DE VERBRANDINGSOVEN? WAT IS ER MET DE VERBRANDINGSOVEN?
IK WEET NIET WAT U ER ALLEMAAL IN VERBRANDT, MAAR HET STINKT VERSCHRIKKELIJK...
HET IS ELKE OCHTEND HETZELFDE LIEDJE... ZODRA IK HET RAAM OPEN DOE, KRIJG IK KOPPIJN EN HOEST IK M'N LONGEN UIT M'N LIJF... ZELFS DE KOEIEN HEBBEN LAST VAN HUN OGEN...
WAT WILT U? DAARIN VERBRANDEN WE...
... AL HET ZIEKENHUISAFVAL! VAN VUILE VERBANDEN TOT RUBBER HANDSCHOENEN, VAN OPERATIESCHORTEN
TOT DE ORGANEN, DIE BIJ DE PATIËNTEN ZIJN VERWIJDERD...
MAAR IK HEB GOED NIEUWS VOOR U... EEN BEDRIJF HEEFT EEN SYSTEEM ONTWIKKELD OM DE UITSTOOT "SCHOON TE MAKEN",
MET NAME WAT CHLOOR EN FLUOR BETREFT...
KIJK, ZE ZIJN AL BEGONNEN MET DE INSTALLATIE ERVAN...

GELOOF ME, OVER EEN PAAR DAGEN BEHOREN DIE KWALIJKE DAMPEN VOORGOED TOT HET VERLEDEN...
EEN WEEK LATER...
KRAB KRAB
WAAR GA JE HEEN?
NAAR HET ZIEKENHUIS! EN DEZE KEER ZULLEN ZE NAAR ME LUISTEREN!
ZIEKENHUIS
EN?
HIJ HAD GELIJK, GERDA! OVER EEN PAAR DAGEN BEHOREN DIE KWALIJKE DAMPEN VOORGOED TOT HET VERLEDEN...
WIE HEB JE NU GESPROKEN IN HET ZIEKENHUIS?
WELK ZIEKENHUIS?

PRINTED IN BELGIUM BY
proost
INTERNATIONAL BOOK PRODUCTION